푸른 시인

흰뫼시문학 제19집
2024

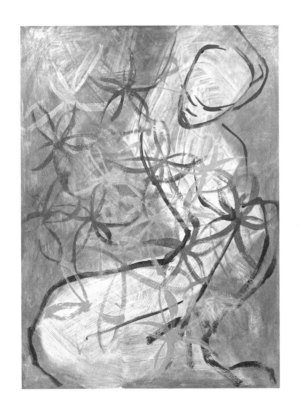

박성철
김상환
진경자
유병일
유영희
박영대
소양희
박정임

청어

푸른 시인

흰뫼시문학 제19집

2024

박성철, 김상환, 진경자, 유병일
유영희, 박영대, 소양희, 박정임

"문학은 무슨 생각을 하는가?"

지난해 동인지를 낸다는 것이 벌써 해를 넘기고도 반 半이 지났다. 여름이 '열음'이라면 이제라도 또 하나의 열 매를 맺게 되어 마음이 적이 놓인다. 흰뫼시문학도 올해 로 19집을 내고 보면 어지간히 세월이 흘렀나 보다. "세 상은 얼마나 황홀하고 감각적인가. 그것은 신비에서 시작 되었고 신비로 끝나겠지만, 그 사이엔 얼마나 거칠고 아 름다운 땅이 가로놓여 있는가."(다이앤 애커먼, 『감각의 박물 학』) 그렇듯 우리가 함께 지나온 문학적 시간은 결코 녹록 지 않았다. 고통과 환희, 음양과 생사가 같이 존재하는 거 라면, 그 겹침의 미학과 윤리는 차이가 생성해 낸 동일성 이다.

작금에 이르러 회원들 모두 리움미술관을 관람하며 신 년을 맞이했다. 재능시낭송가와 함께하는 동인지 출간(18 집 『시간의 뒷모습』) 기념 시낭송회를 서울, 문화공간 〈온〉에 서 가졌다. 그리고 박성철 고문께서 한국문학비평가협회 주관 제25회 비평문학상을 수상하고, 김상환 회장은 제4

회 이윤수문학상에 이어, 새 시집 『왜왜』로 제33회 대구시
인협회상을 수상하였다.

"모든 것 안에서 내밀한 모든 것이 시"(V·Hugo)라면, 우
리의 시적 관심사는 부분과 전체를 아우르며, 닫힌 열림
을 지향할 필요가 있다. 시를 쓰면서도 항상 사유하게 되
는 것은 말과 사물, 사물과 마음의 관계이다. 더 근본적으
로는 창작의 주체인 시인이나 작가가 아니라 문학 자체다.
하여, "문학은 무슨 생각을 하는가?" 피에르 마슈레의 이
질문은 곧 우리의 질문으로 환원되어야 한다.

이번 호에는 영문학을 전공하면서도 평소 전통사상과
철학에 조예가 깊은 취운재 박성철 선생님의 예각적인 비
평 「로버트 프로스트의 극시劇詩 읽기」를 비롯해, 회원들
의 다양한 신작 시들을 선보인다. 시를 찾아 "까닭 없이/
나서는 산길/ 숙연한 세월/ 더 바랄 나위 없다"(유영희, 「무
능의 고요」) 흰뫼는 참, 고요하다. 울기 좋은 곳이다. 그 울
음이 울림이 되는 순간의 시를 우리는 여직 떠나지 못하
고 있다. 우리는 푸른 시인이다.

2024년 7월

차례

평론과 시담

푸른 시인

흰뫼시문학 제19집

2024

박성철, 김상환, 진경자, 유병일
유영희, 박영대, 소양희, 박정임

박
성
철

현대시학 시 추천 등단(1977년), 한국문인협회 회원(영주
지부 회장·경북지부 부지회장 역임), 한국시인협회 회원, 국
제펜클럽 한국본부 회원, 한국문학비평가협회 부회장 역임,
도봉문협 이사, WAAC(세계예술문화아카데미) 종신회원,
WAAC/WCP 명예문학박사 학위 수여

시집: 『향연』, 『군조』, 『억새풀 산조』, 『불협화음 3중주』,
『아름다운 날들』 외
수상: 경북문학상, 경희문학상, 황희문화예술상, 행촌문화
상, 매월당문학대상, WAAC계관시인상, 제25회 비평문학
상 수상

전화: 010-3823-5396
이메일: gomi9712@korea.com
주소: 서울 도봉구 방학로3길 12-58 양지쉐르빌 501호

낯선 동리 길에서 외5편

문득 먼 마을을 처음 가 본다.

낯선 동리 길을 걷노라니
내 생애가 꿈이란 생각에 젖는다.
이승의 삶이 현실이란 실존감은
다시 회의에 잠기는데
로사리오(묵주) 알알이 굴리며 온 시간들,
내 인생은 언제 노을 질 것인가?

다중우주 어느 별의 이 순간을
또 다른 내가 그곳의 이 마을 길을
걷고 있는 것일까?

꿈속인 듯 처음 보는 낯선 길을 걸으며
쌍무지개 뜬 산야를 보던 지난날의
기억들과 향수에 젖어서
어느 전생의 낯익은 마을 거리인 양
걷고 또 걸어 다녔네.
설레는 가슴으로.

지촉紙燭

파심波心…
밤이 깊은 것은
일순, 촛불을 꺼버린 탓이다.
경전을 불사르는 일은
경계를 초월하는 수행修行,

이빨이 갈 숲 같다던
장부丈夫의 털끝 하나
허공에 걸어 두다

노장老莊이 취운翠雲을 만나면
파심이 되는 법
마음은 어디에 있는가?
밝─알의 말씀과 고요
깊은 밤의 적막寂寞이다.

산 언덕에서

단풍잎 지는 만추晩秋의 어느 날
서산마루에 올랐네.
궁금한 생의 저쪽 바라보고픈 심정으로
더 오를 길 없는 정점에 서니
간절한 마음은 허공을 딛고 나간다.
발 디딜 흙 한 줌 없는 길 없는 하늘 길이다.

고된 기력의 나이 탓인가
문득문득 감기는 눈을 비비면
산 너머 산 또 산이 보이네.
황홀한 저녁 노을에 취하여
언뜻, 보일 듯 말 듯 한 그 경계 너머로
시선을 두리번두리번 펼쳐본다.
궁금한 다음 세상이 정말 있기나 하고
거기서 그 세상이 보이기나 할까마는…

마고대성

하늘나라 음악 소리
오음五音이 이율二律을 만나
큰절하고 읍하니
조화정 생명의 두음은
태극 봉황일세
봉황이 이십팔수 하늘 가득 춤을 펼치니
태양 속에 눈부시네
손 맞잡을 듯 말 듯
너울너울 서로 음양을 운기하며
5색 구름 멀리 내려다보네
드디어 천간 지지가 어울리니
천산이 우뚝 솟고 펼쳐진 강산
지상의 하늘나라
강구연월의 정다운 거리 신시여.

첫눈은 서설瑞雪이다

첫눈은 서설瑞雪이다
엷은 햇빛 사이사이
소록소록 내리는 눈발에
지난 시절 아픈 기억들을 널어놓으면
아름다운 추억으로 치환되는 환희

오래된 슬픈 날들의 기억도
미소 피우며 떠오르네
날개 없이 내려오는
저 그리운 하늘나라 본향의 소식은
지난 세월 상처들을 녹이며
우리들 삶을 더욱 정 깊게 다지는
첫눈은 새 희망을 펼치는 서설이다.

추분 3

들릴 듯 말 듯 속삭이는
월계수 잎 은은한 향기
그대 석별의 정 애태우고
무너져 내려앉은 상처들이
도봉산 기슭에 가득히 깔린
굴참나무 떡갈나무 낙엽 위로
가을하늘 파아란 호수 깊이 솟은
키다리 자작나무 애타는 가지들 끝까지
깊고 깊어라.

포스트 코비드 시절

만추. 레미드 구르몽
낙엽 깔린 길 걷는 소리를 들으며
나는 난蘭 잎에 앉은 먼지를 쓴다.
한닢 한닢 일적십거 열 잎을 다 쓸고
그다음 일을 생각해 본다.
피로한 눈, 책 읽기도 어렵고
컴과 폰은 이미 지쳐서
걸칙한 수묵 매화 바라보며 시간을 잊네.

월매月梅

—이승소李承召 (朝鮮 前期 文臣)

매화여설월여상 梅花如雪月如霜

시유미풍송암향 時有微風送暗香

답월간매청투골 踏月看梅淸透骨

갱무진념도시장 更無塵念到詩腸.

화월기사흰뫼시인전여옥 花月己謝白山詩人全如玉[*]

매화는 눈과 같고 달빛은 서리 같아

이따금 실바람이 은은한 향기 실어내누나

달 아래 보는 이 맑음 뼛골에 사무치거니

다시 무슨 잡념 있어 시사詩思에 파고들리.

꽃과 달이 시들었는데 흰뫼시인들은 모두 옥과 같구나.

5행은 원문 인용 자작임.

흰, 인비저블
흐린 날의 섬진
즉물
벙어리와 고독한 자의 송사
빈집
흘레밀
[시작노트] 사이는 아프다

김
상
환

한남대 영어교육과 및 영남대 대학원 국문과 졸업(문학박사)
1981년 8월《월간문학》으로 등단
1993년《문화비평》여름호에「한 내면주의자에 대한 비망록
적 글쓰기-이가림론」을 발표하며 비평활동 시작

시집:『영혼의 닻』,『왜왜』
수상: 이윤수문학상, 대구시인협회상

전화: 010-5589-7526
이메일: gdpond@daum.net

흰, 인비저블 외 5편

처음 본 흰꽃들
銀蘭과 덜꿩나무와 능수도화와 산앵두,
누정을 뒤로 하고
음양리에서 물총새를 본다
자두꽃복사꽃이 피고 진다

십 년 전 죽은 이들은 이제 꽃을 볼 수 없다
먼 산, 버짐 같은 산벚이 다시 피고
喪弔 셔틀은 길 떠날 채비를 한다

돌확에 비친 구름과 나무 그림자
정오의 정원과 거실 사이 창틀에 걸터앉아
너는 침향무를 듣는다

꽃이 피면 죽을 자들은 사방으로 길을 나선다
물이 써서 마실 수 없는 마라[*]
먼 곳의 소리마저 듣는 씻나락엔
검은빛의 고요와 인비
저블이 있다

---

*   구약성서『출애굽기』 15:23.

흐린 날의 섬진

강 따라 둑길을 걷는다

되새가 떼로 울고

물앵두 속이 저 혼자 익어간다

쌍계는 저만치 있는데

돌아 나온 거리의 벚꽃이 보이지 않는다

두껍아두껍아 꼭꼭 숨어라
두껍아두껍아 꼭꼭 숨어라

흐린 날의 섬진

강강수월이 희다

즉물

물의 중심은 둘레다
둘레가 물의 즉即,
프론트*임을 안 것은
단산지에서의 일이다

탱자나무 가지 사이로
바라다본 저수지, 희다
흰 새가 운다

물의 이마와 소리를 걷다 보면
천인국이 어느새 제방을 뒤덮다

길 끝
접시꽃 한 점
즉물即物이다

※ 야기 세이이치에 의하면, 즉即은 '~이다'와 '~아니다'(is/is not)
를 동시에 의미하며, 프론트(경계) 구조에서 일어남.

벙어리와 고독한 자의 송사[*]

아들아, 말씀보다 절대 앞서지 말아라 그저 말씀에 더 깊이 들어가, 가서 배우거라 어둠은 어둠 속에서 밝고 가침박달나무의 가르침이 어디에 있는지 스스로 물어야 한다 아들아, 흰 그림 위에 찍힌 검은 점을 보거든 흰 바탕을 보아라 회사후소繪事後素란 말도 있지 않더냐 알레프, 베이트, 김멜, 달렛… 이렇게 알파벳 문자를 따라 외우다 보면 알레프는 문자의 기원, 말과 시의 처음인 것을 안다 동구 밖 키 큰 상수리나무는 그루터기도 없더구나 네가 곧잘 오르던 아그배나무는 비탈에서도 무럭 잘 자랐었지 그래요, 어머니!

많은 물소리 같은 요한의 음성[**]을 듣고 홀로 근심하는 자 앞에 놓인 밤의 포도주, 뜯겨진 달력 뒷면에 '사도신경'을 옮겨 적은 어머니도, 르무엘왕의 어머니도 가고 없는 지금 나는 이제 누구의 권면을 더 들어야 하나. 들을 게 없다면 숫제 입이라도 다물까보다 아파트 분리수거함 뒤로 말없이 핀 벚꽃이 만개를 서두른다 서두를 일 하나 없는 나의 발 앞에 가는 비가 온다

[*] 구약성서「잠언」31장 8절.
[**] 신약성서「요한계시록」1장 15절 참조.

빈집

가지사이로달빛이새어나온다새로운병은나을기색조차
없다기별의기별도없이사라진먼나무그늘로수염이자라
듯삼이자란다빈집에서듣는에릭사티의짐노페디2번베란
다의꽃이란꽃은말이없다느리고슬픈피아노의무한선율
명가명비상명*의저녁이가고이름을알수없는새벽이온다
꿈은사라지고나는아프다

야마野馬**와
살갗과 읍울悒鬱과
거룩한

29

흘레밀

흘레붙은 밀잠자리 떼가
한낮의 별자리 위를 맴돈다

배롱나무꽃이 붉다

거문고 강이, 은하가 흐르고
지상의 누군가 죽어
별이 되는 순간, 풀잎 이슬이 내
발목을 감싸 안는다

애매미 울음소리
천상에 가 닿는 지금

일묘연一妙衍*의 천부,
경을 읽다

---

* 천부경의 일절. 하나가 묘하게 펼쳐지다.

사이는 아프다

그것은 검은빛[invisible light]이다. 즉ڞ, 혹은 흐린 날
의 섬진이다. 많은 물소리 같은 요한의 음성을 듣는 나
는 홀로 근심하는 자. 이름을 알 수 없는 새벽이 오면,
사이는 아프다. 흘레붙은 밀잠자리 떼가 한낮의 별자리
위를 맴돈다.

봄눈
황토방
인연
체념
비 오는 밤·7

진
경
자

아호: 연정
2001년 《문예사조》로 등단
한국문인협회, 문협 영주지부 회원
고려달빛 회원

전화: 010-4775-2991
이메일: jkj2991@hanmail.net

봄눈 외 4편

춘삼월
때늦은
눈이 나립니다

도톰한
아기 손등 같은
계절의 정수리에는
공든 탑 한 자락도
쌓지 못할 거면서

막차로 떠나는
여인의 눈가에 촉촉이 번지는
밤이슬 같은
지워야 할 이름 같은
눈이 나립니다

황토방

엄마 치마폭 같은
오랜 친구 같은
여기

등줄기 서늘하게
홀로 가슴 시릴 때
여기

친구여

온 동네 사연 향기로 접어
잰 걸음으로 오시게나
여기

인연

끝이 났다

신새벽
꽃잎 흔들었던
날 선 목소리

전화기
횤
끊어버리는 소리

그 이름
도려내는 아픔
낙엽 밟는 소리

체념

치과 문을 나서며
어금니로 꽉 다문 솜뭉치
친구 만나도 할 말 못 했다

할 수 없지요

햇살 같은 다섯 살 손녀
탱글탱글 나팔꽃으로 피어 감긴다
어설픈 손짓으로 말해 본다

할 수 없지요

화장대 앞에 늘어나는 약봉지
서로 얽힌 복용 시간 살피다
순간, 화끈 달아오른다.

할 수 없지요

거울 속에 낯선 여자

눈 밑에 주근깨 더 선명하여
허공을 보다 눈시울 젖어온다

할 수 없지요

비 오는 밤 · 7

영롱한 빗소리 가슴 시린 날

방울방울 엮다 보면

희미하게 번져가는 친구 모습 보일까

까맣게

흘러가버린

옛이야기 들릴까

별
바윗돌
꽃
창조
죽변항

유
병
일

2003년 《문예비전》으로 등단
한국방송통신대학교 행정학과 졸업
국립안동대학교 행정학 석사 및 同 대학원 국어국문학과 석
사 과정 수료

시집: 『이나리강 달맞이꽃』(2019)

전화: 010-3531-2171
이메일: ybi1959@hanmail.net

별 외 4편

한때 우상

사람들은 왕관의 무게를 견디라 하지만

그건 가혹한 일

보통 사람처럼, 제 역할 다한

어느 꽃잎 지듯

자취도 없이

그렇게 지고 싶다

한 번 밀었다 당겨본 적 없는 삶

느슨한 삶이 좋다

바윗돌

나 그대 널찍한 엉덩이에 시를 쓰고 싶다
하루 진이 빠질 때
장문의 시를
그대, 흰 머리카락 온 사방 날리고
조용히 방안으로 육체를 뉘며
엉덩이를 내주는, 그대
그대 이마에 겨울눈 내리고
나도 아랫목에 누워 긴 겨울밤을 합방한다
그대를 따라 엉덩이를 내주었지만
결국은 그대 묵언으로 장문의 시를 쓰고
나는 뒤척이다 한 편도 쓰질 못했다

꽃

눈 감으면 천지간 꽃입니다
여기저기 소식 없이 피워댑니다
아, 나도 한 번쯤
누군가의 눈에 마구 피워보고 싶습니다
이 세상 어딘가에
한 세대 동행자로
그대 눈을 환하게 밝히고 싶습니다
그대 눈 안에
심술맞게 짓물리도록 피워보고 싶어요

창조

신이 최초 달을 창조할 때
초생달부터 창조했을까
아니면 반달부터
아니면 보름달부터
많이 궁금했다
보름날 언덕에 올라 보름달이 보고 싶어요,
하면 신은 둥근 달을 주셨고
반달이 보고 싶을 때도 신은 그렇게 하셨다
우리가 원하면 그렇게 하셨다
집으로 오는 길 둔치 장미가 곱다
신은 미리 알고 피워주셨다

죽변항

늑골이 서늘하도록 푸른 곳
주렁주렁 집어등 단 작은 배
폭우로 뒤집히면 어쩌나
종일 심드렁하다
내가 먼 바다로 나가는 것이 아니면서
내가 등대를 돌아 나오며 왜 걱정이 많을까
이 저녁 묘하다
이쯤 쇠줄 같은 삶을 버티신
어느 아버지의 자화상이 밀물처럼 온다
막 건져 올린 오징어 마냥
죽변항은 쪽빛
아득히 먼 곳
수평선이 금을 긋는다

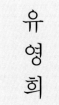

유
영
희

《문예비전》으로 등단
한국문협, 한국미협 회원
경북 PEN, 고려달빛 회원

시집: 『적막 위에 핀 바람꽃』

전화: 010-6505-8525
이메일: yyy518@hanmail.net

노란 꽃 외 7편

나무
풀
꽃
대단한
우주
뜨거워서
피하는
나는
돌나물
노란
꽃
햇볕을
마주하고
당당하게
피어있는
꽃

찔레꽃

너무 슬퍼요
그래서
우린
목 놓아 울어요

쌀튀김
한 움큼
툭 털어
넣다 보니
하늘이
너무도
선명하다
구름도
향기도
가슴이
아리다

어떤 신명

몰래 샘솟는
범주를 넘나들
산에서 내면을 만나고
끊어진 연줄
허허롭다
바람은
집이 없다
키 큰 나무
술렁인다
아무렇지 않듯
밤과 낮이
속절없다

포크레인

수해지역공사중입찰총출동산중기슭토사로사방댐설치
공사오늘도내일도여기저기공사중문득본하늘떠오르는
눈동자

장애

우울증인가
정서불안
아니
치매
한참 생각하면
역시
서성인다
이것
저것
돌아서서
아이가
흉내낸다
아픈가
모른다
알 것 같기도

아직인데

항칠해서
전시장에
보내다
써야 하는데
인연 연결
내가
글을
쓸 줄 아는지
도무지
알 수가 없다

바람

분다
산울음
운다
뿌리가
뽑힐 듯
바람이
분다

무능의 고요

이제 그만 울음 마치고
솟아올라라
절로 노래하고
춤추어라
봄비 이 밤중에
소란스럽다
까닭 없이
나서는 산길
숙연한 세월
더 바랄 나위 없다

Life story

좋은 것도
싫은 것도
그저 그런대로
생각이
없다가도
다시
떠오르고

박
영
대

주름돌
맴맴
말벌의 가벼움
가을 가에서 독백
시월의 눈썹달
고사목
샛강의 우수
[시작노트] 어김없이 계절은 돌아오는데

한국문인협회 회원
한국현대시인협회 상임이사
국제PEN한국본부 조직운영위원장
흰뫼시문학회 회원
아리산방 티스토리 운영(ariaripark.tistory.com)
한국민족문학상, 연암문학예술상, 고려달빛문학상,
천등문학상

전화: 010-5261-3162
이메일: ariaripark@hanmail.net

주름돌 외 6편

나잇살 돌리는 바퀴 철철철철 울리다가
어쩔 수 없어 쏟아내는 혼자만의 넋두리
속 알아주는 이 없어도 하고하고 또 하고
지나가고 지나가며 지나간 하얀 세월길

맴맴

투명한 배색으로 농도 짙은 오후의 노출

공원에 휴가 받지 못한 불만들이

소음을 탓하지 않고 식욕을 먹어 치운다

틈틈이 얼굴 내보이는 건

소리로 찢겨진 내면의 속살

높게 나는 맹금류는 더위를 모르는 냉혈족

보이는대로 거침없이 숨통을 겨눈다

숨어야하는 본능에 역행하는

들어주는 이 없는 아우성

그럴지도 모르고

그렇다고 말만 그렇게 해놓고

그렇지 않게 돌아가는 드러난 일상

말벌의 가벼움

벌이 사라지면 인류의 잔여 수명은 4년뿐이란다

그 중에서 말벌은 격리대상이라고 수런거리는 일기예보

몸집 크게 태어나서 어쩌다 동족에게 천적이 되었나

신고하면 즉각 소탕한다

죄 중에서 용서 받지 못할 동족에 몹쓸 죄

태풍은 말벌에게 참을 수 없는 성깔의 이유를 가르쳤는가

느슨해진 바다를 깨우고 한바탕 뒤집는 새판잡이 본성

이들의 지명수배는 반수치사량과 기압의 낮은 수치

저마다의 생존소질로 살아가는 야생

약해서 기꺼이 먹히는 단순한 허용

누군가를 위해서 행해지는 작위

빨리 뛰는 멧돼지와 노루가 살아가는 평온

태풍에게서 물려 받은 말벌 그들만의 법복

꽃의 일꾼으로 야생을 잇는다고 두둔하는 이적단체

말 잘 듣고 만만하게 사는 것이 자연법칙일까

낮은 데로 빈 데로 몰아치는 파도는 역행일까

바람을 피한 은닉은 무거운 선택이다

가을 가에서 독백

천방지축 아이들이 받아 쓰는 서툰 가나다라
벼랑 끝에 바람과 놀다가 아무 조심 없는 말
남은 달력 몇 장으로 위안 삼아 버티고 있는데
서리 맞은 호박잎 보고 뛰는 귀뚜라미 쉰 목청
흐르는 물길에 멱살 잡혀 끌려 갈 줄 모르고
찬바람에 뼛골 뜯어맞추는 소리인 줄 모르고
좋아하기에 바빴던 그 일 알고나 떨어지는지

짧은 입맛 재촉하는 떠나가라는 소리
하얗게 세가는 억새꽃 나이 차오르는 소리
입안에 넣고 우물거려 보니 이가 시린 이별
씹히지 않는 빛줄기는 황혼녘 질긴 그림자
하루치 떨켜 건들고 가는 바람의 뒤꿈치
마르다 말 서운한 내색 입 다물어도
술김에 품은 단풍 이름으로 취하고 있다

어차피, 저나 나나 붉노란 처지

시월의 눈썹달

그해 시월은 초닷새 달이 두 개
그 하나는 이태원 비탈에 떴다
그 하나는 외래의 각진 이방구
그 하나는 외진 달빛마저 검다
그 하나는 걸려 넘어진 달의 헛디딤
그 하나는 겹겹 말 한마디 없이

그해 시월은
높고 믿었던 안심 밤거리 허물어지다
그해 시월은 그냥 뜯겨지는 청춘 달력
그해 시월은 보름달까지도 얼룩져
그해 시월은 오래도록 어둡다

그냥
흰 장갑 국화꽃 단풍
그 검은 달빛 품에서 스러지다

고사목

구름이 될까나
바람이 될까나
세월로 치면 좁쌀 한 말 가옷
망각조차 아쉬워 허옇게 새겨놓은 아뭇 날
부서지다 부서지다 뿌려놓은 기억의 부스러기
다 안다고들 말하지만 저편 꼭대기 건너다 보면
아직도 까마득하게 굽어 보이지 않는 길
버릴 거 없는 것 같아도 새들은 조석으로 찾아와
사계절 조각조각 덧대 기운 몸뚱아리 쪼아댄다
목이라도 축일랴치면 이슬에게 온몸으로 손 벌린
가을마다 떠나간 낙엽들이 품고 간 이야기
빈 하늘에 사연을 구름으로 수 놓고 있다

신발들 멈춰서서 가는 길을 묻지만
늘 가리키는 쪽은 딱 한 곳

샛강의 우수

짧은 오리는 수심에서 놀고

긴 두루미는 얕은 강가를 걷는다

빌딩은 밤을 태우려 입술 붉게 바르고

잔디는 강물 옆에 누워서 자박자박

가냘픈 몸으로 시대를 때우고 있다

본류에서 벗어난 그들의 소리는 들리지 않는가

부끄러운 체면 깎이는 사회면 잡동사니

억지로 출렁이는 다급한 구급소리

굶어도 잠수하지 않는 목이 긴 자존심

틈새로 비친 불빛은 거꾸로 비친 도시를 되새김하고 있다

위리안치된 갯뻘들의 설정 구역

하고 싶은 말 꾹 참으며

어김없이 계절은 돌아오는데

기승부리던 코로나도 안정되어가고
어김없이 계절은 돌아오는데
내 곁에 와 닿는 소리들…

서늘함으로 비바람으로
그대 목소리로

시
마음 빨래
흰 길

공감예술원 고문
한국현대시인협회 이사

수상: 시세계 문학상, 한울언론문학 대상,
새한일보 시인문학 대상

이메일: lovesoyh@hanmail.net.

시 | 외 2편

기어코, 총총 따라나선다

마디마디 엉킨 세월

뜬구름 걷어내며

오늘은 작은 키도 늘려준다

마음속 주름까지 편다

마음 빨래

소곤소곤 실바람
귓전을 간질인다

햇살에
마음을 빨아봐

덕지덕지
찌든 때 밀어봐

어느새 바람이 달려와
말갛게 헹궈준다

하얀 마음 파란 마음
도라지꽃빛 내 얼굴

흰 길

하늘이
파란 물 위로 내려앉아
하얀 세상을 그린다

바람도
그리움에 걸터앉아
달에게 편지를 쓴다

가을 하늘보다 맑고
호수보다 잔잔하게
서로가 마음으로 보듬으면

어느덧
산천초목엔 새살이 돋아
발걸음을 재촉한다

윗마을 아랫마을
건넛마을 꽃마을

엄마의 우물

사잇길

연분홍, 목리^{木理}

박
정
임

중앙대학교 미래교육원 시낭송 지도교수

서울시낭송협회 낭송위원장

공감예술원 원장

전화: 010-7670-7234

이메일: jungim1102@hanmail.net

엄마의 우물 <small>외 2편</small>

내 작은 시집 속에는
엄마의 우물이
고스란히 고여 있습니다

가파른 오솔길가
쪽빛 하늘을 머금은
한 옴큼 샘물
두 손 오므려 떠 마시면

상국 오빠
꼴배기 짐 위에 얹힌
진달래는
꽃구름처럼 다시 피어나고

고추밭가 땀을 훔치시는 아버지
막걸리 한 사발에
소쩍새 우는 꿈 속
너머의 꿈

한 장 한 장 추억의 페이지
넘길 때마다
찔레꽃 아카시꽃
하얗게 피는 엄마의 오뉴월
다시 그립습니다.

사잇길

몽글몽글 배냇짓
참을 수 없어

파랑파랑 옹알이
잊을 수 없어

메아리 말라버린
망설임의 시간들

한 걸음 또 한 걸음
수만 갈래 사잇길엔

노을 같은 날들
눈물방울 되어
가시처럼 열리다

연분홍, 목리木理

야시장에서 옷깃 여미며
꿈꾸는 시간

오랜만이네!
뭘 사려고?
널 사려고…

한 바퀴 돌아오자
뭐 샀어?
네 마음…

어디, 또 가?
거기!
다가갈까 물러설까
물러설까 다가갈까

오가는 꽃봄 사이
피어나는 연분홍, 목리木理

특
집

로버트 프로스트의 극시(劇詩) 읽기

박성철

1. 대화의 시학

Robert Frost(1874-1963)는 첫 시집 "A boys will"(1913년), 제2 시집 "North of Boston"(1914년) 등 초기부터 대화체 시들을 즐겨 써 왔다. 'Mending Wall', 'The Death of the Hired Man'과 'Home Burial' 등의 유명한 대화체시 읽기를 하고, 후기의 'A Mask of Reason'과 'A Mask of Mercy' 두 편의 가면극 시의 신의 사랑의 본성에 대한 Frost의 신관(神觀)을 살펴보는데 중심을 둔다.

Frost는 초기에 도시인들보다는 산촌에서 인습에 따라 살아가는 이웃들을 상대하며 지독한 보수주의에 반감을 가지면서도, 그들의 해묵은 인습 속에도 진솔함과 지혜가 있음을 발견하고 진보적 사고와 병치하며 대조對照의 시 쓰기를 시작한다.

I let my neighbour know beyond the hill;

And on a day we meet to walk the line

And set the wall between us once again.

We keep the wall between us as we go.[1] ('Mending

Wall', 12-15행)

He only says, 'Good fences makes good neighbors.'[2]

(27행)

위의 시 'Mending Wall'에서는 봄이 되어 농장 경계선
에서 양편이 만나 허물어진 담을 새로 쌓고 둘 사이에 담
장(wall)을 유지한다. 한 사람은(Frost) 사실상 담을 쌓는 것
을 싫어하고, 다른 한쪽은 세습 토박이다. 시인은 해묵은
인습을 타파하고 이웃 간에 담을 헐고 사이좋게 지내자는
뜻을 은근히 나타냈으나 상대방은;

Bringing a stone grasped firmly by the top

In each hand, like an old stone savage armed.[3]

---

1) R. Frost(poet. 1874-1963. U.S.A), The Poetry of Robert Frost,
ST. M. Griffin, New york, 1979, p.33.
2) 상게서, p.33.
3) 상게서, p.34.

(39-40행)

　… He says again, 'Good fence makes good
neighbors.'[4] (45행)

'구석기시대의 야만인처럼 돌을 꽉 움켜잡고 들어 올리
며', '좋은 담이 좋은 이웃을 만들죠.'라며 응수한다. 상반
된 이념을 배척하지 않고 대조시키는 중용적 자세를 보여
주고 있다.

다음 시 'The Death of the Hired Man'은, 'Mary sat
musing lamp-flame at the table waiting for Warren.'[5]으
로서 아내 Mary가 램프 옆에서 남편 Warren을 기다리며
생각에 '잠겨 앉아있는(sat musing)' 극의 도입부 장면으로
시작한다. 남편이 등장하자 극적 dialogue가 시작된다. 또
다른 인물인 '고용인(hired man)'이 있지만, 농부 내외의 대
화 속에만 존재한다. 죽음이 주제인 이 극시가 뛰어난 점
은 중심인물 고용인은 끝내 등장하지 않고 주인 부부의
대화를 통해 그가 돌아온 내력과 죽음의 순간까지를 생생
하게 무대에서 연출해 보이는 극적 구성이 뛰어난 시다.

---

4) 상게서, p.34.
5) 상게서, p.34.

세 번째 시 'Home Burial' 또한 부부간의 대화로서, 남편이 'What is it you see From up there always? —for I want to know.'[6] 하고 아내에게 묻자, 죽은 아들을 못 잊는 아내는 죽은 아들을 벌써 잊고 사는듯한 남편과의 심리적 갈등을 보여주는 극시(劇詩)이다. 남편은 아내가 계단 아래 앉아서 바라보고 있는 것을 알지 못한다. 남편이 그게 무언지 계속해서 물었으나, 아내는 남편이 자기가 보고 있는 걸 못 본다고 '눈먼 인간(blind creature)'이라고 원망만 한다. 남편이 알아차리고 'I understand: it is not the stones, But the child's mound—'[7]라고 말하자, 아내는 갑자기 'Don't, don't, don't, don't, 'she cried.'[8] '(당신은) 못 봤어요.'를 네 번이나 절규하며 계단에서 내려가다 돌아서서 남편의 기를 누르듯 쏘아 보다 나간다. 'Amy! Don't go someone else this time.'[9] 아내의 외출을 말리는 남편은 애처가였다. 자식을 잃은 모성애가 농사일에만 여념이 없는 무정한 남편이 자식의 죽음을 벌써 잊어버렸다는 판단과 부부간에 쌓인 감정과 권태감도 아내가 남편을 원망하고 미워하는 데 한몫 더했던 것이다.

---

6) 상게서, p.51.
7) 상게서, p.52.
8) 상게서, p.52.
9) 상게서, p.52.

Frost는 산촌에서 오랜 농경 생활을 하며 겪어온 일들을 여과 없이 기록한 자신이나 이웃의 삶과 경험들을 대화체의 극시로 형상화하기를 즐겨 온 것이다. 자연은 어머니의 품속 같지만 인간의 삶에 대해 무심하고 때로는 무자비하다. 그런 환경에서, 생명과 인간과 삶의 문제를 깊은 철학적 종교적 사색을 통한 시 쓰기로 일관해 온 시인의 면모를 나타낸다.

2. 종교적 신관神觀의 성찰

시인으로서 인정받고 성공을 거둔 후에는 에머스트, 하버드 대학 등 교단 강의와 연설회도 가졌지만 Frost는 대중과 만남을 성격상 꺼렸다. 마침내 'A Boys Will'을 낸 지 32년 만인 1945년 Frost는 가면극 시(詩) 'A Masque of Reason'를 발표하게 된다. 그리고 2년 후에는 'A Masque of Mercy'를 발표하여 reason과 mercy의 가면을 설정하고 종교, 성서 그리고 신성(神性)의 문제를 관조하며 자신의 생각을 가면극으로 시적 형상화한다.

흔히 자연주의 농부시인, 회의주의자, 사실주의자로 일컬어지는 Frost가 영향을 받은 사유 체계는 자연주의 일면의 신비적 초절주의(Transcendentalism)와 미국 이민기의 청교도 정신(Puritanism), Emerson의 'Trust Thyself(그대 자신을 신뢰하라).'라는 신념 등에 자극을 받아왔다. 이는 유럽의 전통 교회의 신앙관을 뛰어넘는 해방감을 주었다. 또 한편으로는 신대륙에서의 개척정신(Frontier Mind)과 H. D. Thoreau의 'Walden'의 실험적 생활에 영향을 받아 자연과 융합된 삶의 사색을 통해 개인의 자유로운 삶을 추구하는 정신에 영향을 입은 것이다. 그러므로 그의 농부 생활은 생업인 동시에 인생 실험의 생애로서 인생관 자연관과 종교사상을 깊이 사유하고 성찰하는 삶을 이어가게 한 것이다.

　순수 시인의 입장에서 보는 Frost의 시작품 하나하나는 'Clarification of life(인생의 해명)'였으며, Frost의 시 쓰기 생애의 목표는 'The Aim Was Song(목표는 노래)'이었다. Frost 인생관의 주제와 신념이 '사랑'이었던 만큼, 그의 종교 사상에의 관심은 성서의 God(신)과 Law(율법), justice(정의)와 mercy(자비), 그리고 신에 대한 불복종의 sin(죄)과 punishment(벌)에 관심을 기울이며 쓴 극시(가면극)에서 자신의 종교사상을 담아냈다. 신명기, 욥기, 요나서 등을 연구한 결과로 보인다.

　Frost는 어떤 종교도 신봉하지 않았지만 어떠한 종교도 부정하지는 않았다. 그러나 그의 생각이나 사상은 기존 종교의 신관(神觀)에 대한 비판적인 태도가 다분하다.

Frost는 'Not All There'라는 서정시에서 인생 철학을 언급한 적이 있다.

"인간은 신에게 말을 걸려고 돌아섰지만 거기엔 신이 없는 걸 알았다. 신이 인간에게 말을 걸려고 돌아섰지만 거기엔 인간이 반절의 인간도 아님을 발견하였다." 그의 70세 생일을 축하하고자 이 반⁺ 인간은 다시 한번 신과 대결하며 Job의 모습을 빌려 '이성의 가면극'에서 신에게 도전하였다. 신은 Jonah의 몸을 빌려 '자비의 가면'에서 '자비 이외의 아무것도 부정을 정의로 할 수 없노라.' 하고 대답하였다. 이러한 시에서는 자연의 소리를 띄우고 자연스럽게 신과 대화 하였다."[10]

Frost는 경전(經典) 밖의 대자연과 생업 속에서 진정한 신을 보려고 노력한 것이다.

"인간이 자연과 화해하면 불합리한 신을 무시해도 괜찮을 것이다. 이러한 확신을 가진 프로스트는 대지(大地)와 가까이하고 거기서 일하는 사람들에게로 돌아가 개중전(個中全: All in each)이라는 옛 교훈을 새로이 배웠던 것이다."[11]

10) R.E Spiller, 양병택 역, 미국문학사, 서문당, 1975, p.250.
11) 상게서, p.247.

여기서 '불합리한 신'이란 인간 이성의 가면과 자비의
가면으로 덧씌워진 왜곡된 신을 가리키는 것으로 그러한
신은 무시해도 괜찮다는 것이며 '개중전'의 보편사상을 터
득한 것이다.

Thompson은 성서 Job story의 철학 시극 'A Mask of
Reason'과 관련한 논급을 하였다.

In a 'Mask of Reason', Frost anticipated what
Archibald MacLeish has more recently and more
artistically done in building a modern philosophical
drama out of the Biblical story of Job for purposes
of exploring possible meanings within and behind
man`s agony. The answer offered by MacLeish, in J.
B. primarily emphasize humanistic values, in that the
conclusion of the action finds human love the best
justification and the best defense. By contrast , the
answers offered by Frost are attempts to justify the
ways of God to men, thus making Frost`s emphasis
ultimately metaphysical and theistic.[12]

---

12) L. Thompson, Robert Frost, univ of Michigan press, 1969, p.33.

Thomson은 여러 논의로부터 '성서적 시극'에 대해, Frost는 Job기의 인간에 대한 신의 처사(ways of God)가 정당(justify)하다고 인정하면서도, 구약시대의 신이 justice의 신으로 심판의 신이냐 아니면 mercy의 신이냐 하는 관점을 계속 논의해 볼 필요가 있다고 인식한다. 여기 Frost의 중요 관심은 궁극적으로 인간 이성의 철학과 교리의 문제임을 언급하고, 이를 'mask'로 인식하여 mask가 진정한 신을 찾는 데 애로점이라고 본다.

Also echoed throughout the masque is the related Bergsonian concept of the continuously creative process which develops the universe. But as Frost adapts these assumptions to his own sympathetic uses, he combines then with his favorite puritanic emphasis on the limitations of reason as if affects the relationship between man and God:[13]

이어서 Thompson은 Frost와 Bergson과 관련하여 우주 현상과 진화론적 발전 과정을 들어 우리의 해묵은 전

---

13) 상게서, p.34.

통의 고정관념이 문제임을 지적한다. 최초의 자유의지를
부여받은 사랑과 창조 정신의 소유자인 인간과 신 사이
에 영향을 끼치고 있는 이성의 한계(the limitation of reason)
를 Frost가 친숙한 청교도적 사고와 연합해서 구교의 신관
(神觀)의 masque(mask)를 문제로 삼고 있다. 즉 구교의 신
관이 짜 놓은 '정의와 믿음과 보상, 불신과 죄와 벌'이라는
교리만으로는 신과 인간의 관계를 바로 이해했다고 할 수
없음을 Frost는 주목한 것이다.

3. 휴머니즘의 구현

And it came out alright, I have no doubt
You realize by now the part you played
To stultify the Deuteronomist
And change the tenter of religious thought.[14]

위는 가면극 시 'A Mask of Reason'의 65-68행이다.
앞서 Thompson이 논급한바 Frost는 전통적 신앙관에 과

---

14) Frost, 'A Mask of Reason', 전게서, p.475.

감하게 자신의 철학과 신념으로 도전했음을 알 수 있다. Frost의 신념은 신을 인정하는 데에 신명기의 저자를 통한 모세의 율법에 잘못이 있다는 견해를 피력하고 종교사상 의 방향을 달리하고(Change the tender of religious thought) 있 는 것이다.

> God: ···
>
> My thanks are to you for releasing me
>
> From moral bondage to the human race.
>
> ···
>
> You changed all that. You set me free to reign.
>
> You are the Emancipator of your God,
>
> And as such I promote you to a saint.[15]

여기서 Frost는, 신이 Job에게 '인류의 도덕적 구속에서 자기(神)를 해방시켜 주었기 때문에 (Job에게) 감사한다'고 진술을 한 것이다.

'그대는 그대 신의 해방자일세.(You are the Emancipator of

---

15) 상게서, p.475-476.

your God.)'라고 말한 God의 고백은 사람들이 이성적 판단에서 신에게 씌워준 도덕적 존재의 신이라는 mask를 Job이 벗겨 주었다는 사실을 인식시키고 있다. 즉 인간에 대한 신의 의도는 단순히 악을 벌하고 선을 상 주는 도덕적 장치들(rules)로 판단하고 있는 것은 틀렸음을 가리키고, 이것이 사람들이 신에게 씌워준 '이성의 가면'임을 지적하는 것이다. 또한 Job이 선한 예언자이며 순종하는 사람이었지만, 믿음을 시험당하는 비극 속에서도 자신을 위로하러 온 3명의 친구와는 달리, 솔직한 신관을 항의하듯 진술하며 깨우친 바를 신이 인정하고 단순히 권선징악의 차원을 넘는 신의 사랑의 본성이 보편적 인류애임을 발견케한 데 있다. 이에 신은 Job을 성인 위位에 올린다.

2년 후 집필한 'A Mask of Mercy'에서는 Jonah를 등장시켜 율법의 justice의 문제와 Paul을 통한 Jesus의 mercy와 love를 대비시킨다.

Jonah: What don't I understand? It's easy enough.

I am in the Bible, all done out in story.

I've lost my faith in god to carry out

The threats he makes against the city evil.

I can't trust God to be unmerciful.[16)]

장은명 씨는 이 부분에서 Frost의 종교관을 "Jonah가 구약성서에서 죄인에 대한 God의 mercy가 나타난 최초의 뚜렷한 예이다. … Paul은 mercy와 justice는 서로 모순되지만, 'God가 무자비하리라는 것을 믿을 수 없다.'는 Jonah의 말이 '모든 지혜의 시작'"[17)]이라고 논급하였다.

Jonah 서에 불경의 도시 니느웨에 진노한 신에게도 Mercy가 보이지만 Frost는 신의 사랑에 구약에서부터 신약에까지 '이성의 가면'과 '자비의 가면'이 씌어져 왔음을 인식한 것이다. Jesus가 가르친 'Love one another: as I have loved you.'의 교훈은 신의 진정한 Love였으나, 이를 인간의 논리나 이성으로는 이해하기 어려움을 시사하고, 자연과 합일된 순수한 인간성이라야 Jesus가 가르친 love 를 이해할 수 있음을 Frost는 지적하고, 신의 참사랑을 이해하기 위해서는 구 교리에 가려져 있는 reason과 mercy의 탈을 벗겨야 함을 시사하고 있다.

이를 Frost는 'A Mask of Mercy'를 발표함으로써 그의 종교관에 대한 결론을 맺고 있다.

---

16) 상계서, p.479.
17) 장은명, Robert Frost의 종교적 신앙, p.86.

Frost의 mask 인식은 구·신교의 절대적 교조주의적 신관에서 reason이나 mercy의 장애를 벗긴 인문주의 정신으로 도달한 '사랑'이었다. 이것이 Frost의 시인 정신이 사유해 낸 부모 와 자식의 관계와 같은 보편적 '신의 사랑'을 시적 형상화하고 있는 것이라고 보겠다.

신(神)도 아프다. 사람도 신에게 자비를 베풀 수 있다. 이런 보편적인 지혜의 사랑이 진정한 신과 인간관계의 '사랑'이라 하겠다. Frost의 이러한 생애의 한 면모를 그의 'Birchs'라는 시에서 읽을 수 있다.

Earth's the right place for love:

I don't know where it's likely to go better.

I would like to go climbing a birch tree.[18]

지상(地上:세상)은 사랑하기에 알맞은 곳

나는 이 세상보다 더 좋은 곳이 어딘지 알지 못하네.

나 자작나무를 타고 오르려 가고 싶어라.

Love, then is the theme that dominates Frost's attitude

---

18) 상게서, p.122.

toward life. Such a seemingly banal statement may be understood in all its richness of meaning if we apply it at deeper and deeper levels of human experience. 'All of my poems are love poems.' Frost has said. [19]

이렇게 하여 Frost는 인간의 이성적 판단에서 비롯하는 신·구의 이중적이고 이원론적 해석의 견해는 일원론 'All in One'으로서 극복하고, 신과 인간의 관계는 보편적 사랑(love)의 관계로 귀결됨을 천명하였다. 그는 'It(Poem) begins in delight and ends in wisdom(시는 기쁨에서 시작하여 지혜로 끝난다).' 하였다. 그리고 자신은 'A lover's quarrel of the world(세상과 사랑싸움을 하여온 자)'라고 하였다. 또한 'All of my poems are love poems(내 모든 시는 사랑의 시다).' 라고 고백했던 것이다.

---

19) L. Thopson, 'Fire and Ice', Russell & Russell, 1970, p.184-185.

박성철의 차운시담次韻詩談

소래포구 정경(情景) −실험 3

박성철

 쓸쓸한

 가을비 내리는

 소래포구

 갯벌, 뻘에 빠지며 뻘밭을 걷는다

 뻘밭 친구들, 물구멍 속의 낙지 갯지렁이 쏙 짱뚱어 뚱장어 가지게

 말뚱게 도둑게⋯ 도망쳐 숨기에 쏜살같은,

 불쑥 갯거랑에 솟아오른 가리비 조개, 열어젖힌 수문 궁전 긴 머리채

 온몸 휘감고 비너스(Venus), 눈부신 나신으로 일어서 는 르네상스⋯

 보티첼리보티첼리갯거랑뻘속에발묻고가리비조개

속비너스에넋놓고붓을친다.

가라비조개궁여신들의퍼레이드마고대성궁회, 소희, 올림푸스헐리우드가이아,

아프로디테, 퀸시바, 서시, 어우동, 양귀비, 리즈테일러, 비비안리, 데보라카, M몬로…

요염한미의제전… 수문닫는가리비조개, 보티첼리비너스사랑비련이었을까?

갯아이들다집에가고멀리갯바람속풍차를공격한둘시네아의동키호테, 홍초밭

지나우거진갯갈대길길이헤치며기진맥진돌아오는최후의갯마을이… 오리온

대성단은하에잠기는,

Neo 고전주의 성당 만종소리 연미복 사제 '레퀴엠' 성가곡 흐르는 피렌체 밤의

르네상스 사람 사람 낭만주의여 자유 자유를 외쳤는가.

님아 천년 아리랑 언제 넘느냐. 여여(如如)한 바닷바람 머나먼 섬 파도 소리여,

강남행 제비 청둥오리 도요새들의 군무(群舞) 우울한 저녁 하늘

기원전 출항한 환단(桓檀)[1]의 예언자들 돌아오지 않는 석별의 포구, 남겨진

---

1) 환단: 환웅桓雄의 환국桓國과 단군檀君의 나라.

자들의 종말론, 구원은 어디에? 백의(白衣)의 환부(鰥

夫)²⁾들 아리랑 아리랑···

소래갯벌

마냥 젖는 가랑비

쓸쓸한,

■ 소래포구의 서정과 언어 실험이 안전(眼前)에 펼쳐지는 것이 그저 황홀하기만 합니다. 이슬비 내리는 포구의 정경과 사물들에서 촉발되는 시인의 상상과 에너지는 기실 갯벌−뻘밭에서 비롯됩니다. 그것은 문명화되기 이전의 시간이자 영원이며, 모든 것이 뒤엉킨 채 알 수 없고 말할 수 없는 깊이로서 현(玄)입니다. 오래된 새로움입니다. 뻘밭의 가리비 조개가 비너스로, 올림푸스로, 돈키호테와 오리온 대성단으로, 다시 환단(桓檀)과 환부(鰥夫)들의 세계로 이어지는 것을 보면, 사물과 비 사물 또는 가시와 비 가시의 경계가 사뭇 모호해지기만 합니다. 정말이지, 시와 예술, 그리고 인간의 구원은 어디서 오는지요? ··· 쓸쓸한 소래갯벌은 분명 알고 있지만 함묵하고 있을 따름입니다. 선생님의 또 다른 시 〈무기無記.19〉 역시 현의 시학과 그 연장선에 놓여 있습니다. 그리고 보면, 그저 말문을

2) 환부: 고조선 환국의 선구자들.

97

닫을 수밖에 없는 질문으로서의 시와 삶이 진정한 (시적) 실험이 아닌가 합니다. 다음은 〈소래포구~〉에 대한 저의 차운시입니다.

왜왜
-취운재 박성철님의 시 「소래포구 정경(情景)-실험 3」을 차운

김상환

德萬 아버지는 말씀하셨지요.

만 벼랑에 핀 홍매가 말없이 지고 나면 무릎을 펼 수 없어 나이테처럼 방안을 맴돌고 물음은 물가 능수버들 아래 외로 선 왜가리가 왜왜 보이지 않는지 먼 산 능선 이 꿈처럼 다가설 때 두엄과 꽃이 왜 발아래 함께 놓여 있는지

達蓮 어머니에 대한 궁금은 앵두 하나 없는 밤의 우물 가에 몰래 흘린 눈물 이후 단 한 번의 말도 없는 손 다시 는 펼 수 없는 축생의 손가락, 산수유나무 그늘 아래 먹 이를 찾는 길고양이처럼 길 잃은 나는 왜 먼동이 튼 아

침마다 십이지신상을 돌고 돌며 천부경을 음송하는지,
좀어리연이 왜 낮은 땅 오래된 못에서 피어나는지 어느
여름 말산의 그 길이 왜 황톳빛이고 음지마인지

　해맞이 공원을 빠져나오다 문득, 사리함이 아름답다
는 생각

■「소래포구 정경―실험 3」에 대한 소견과 차운시는
잘 받았습니다. 포구에 대한 정경 묘사에서 작품을 계속
수정하다 보니 문득 시가 논문을 쓰듯 써진 느낌입니다.
style의 자유를 생각했으나 시적 전개를 하는 과정이 나도
모르게 기존 작시의 운문 스타일에 이끌리는 것은 타성
탓인가 생각도 해봅니다만 사설을 하면서도 운문의 성격
을 드러낼 수 있으면 일거양득이란 생각도 있었습니다.

　행과 연의 전개가 산개울처럼 자유롭게 흘러가 보자 한
것도 끝에 와서 보니 통제된 질서 속에 관수로처럼 된 느
낌도 들지만, 그게 이 작품의 운명인 것 같습니다.

　이 시에 대한 금호 선생의 차운시는 잘 읽었습니다. 일
단은 소래포구의 물과 해맞이 공원의 뭍의 대비가 흥미롭

고, 산문시의 운韻과 리듬 같은 것도 함께 느껴져 좋았습니다. "덕만德萬 아버지의 말씀"과 "달연達蓮 어머니의 대한 궁금(症)"은 기실 현玄의 사유 이미지에 닿아 있습니다. 그것은 〈왜왜〉라는 표제가 이미 잘 말해주고 있듯이 물음으로서의 시와 삶에 기반해 있습니다. 존재의 의미와 무의미, 현상과 본질이 겹쳐 있으면서도 모순의 일치를 지향하는 현은 울음이자 울림[絃], 현존재의 현現으로도 읽혀집니다.

이 시에서 "벼랑에 핀 홍매"의 침묵이라든가, "나이테처럼 방안을 맴"도는 아버지의 무릎에서, "능수버들 아래 외로 선 왜가리"의 고독과 사라짐, 그리고 무엇보다 미와 추, 즉 "두엄과 꽃이 왜 발아래 함께 놓여 있는지" 질문은 여기서 끝나지 않고 어머니에 대한 아픈 기억과, 길의 상실−회복에 대한 자아의 연민으로 이어지는군요. "왜 먼동이 트는 아침마다 십이지신상을 돌고 돌며 천부경을 음송하는지… 어느 여름 말산의 그 길이 왜 황톳빛이고 음지마인지"가 그것입니다.

멀리서 가까이서 금호강과 팔공산이 한눈에 펼쳐지고, 천부경 비문과 검은 별자리 3桓 28宿가 놓여 있는 해맞이 공원은 모든 고통과 슬픔이 승화되는 토포스입니다. 그리고 무엇보다 오래전 우리가 함께 거닐었던 공원이어서 더

욱 새삼스럽습니다. 장소로서 시는 동경의 현실적이고 구체적인 세계, 천부경에서 인이삼ᄉᄃ三인 인간의 사실상 천국의 부활입니다.

─《문학人신문》 11호(2024년 4월 9일)

현^玄의 시와 예술

김상환

이갑철, 「해탈을 꿈꾸며-2」. 해인사, 1993.

　이 한 장의 사진은 어찌 보면 극히 단조롭고 별반 새로
울 것이 없어 보인다. 하지만 존재의 진리가 작품이 되는
순간을 떠올리는 경우 사정은 사뭇 달라진다. 작품의 배
경은 유서 깊은 절집 해인사. 이 시간 해인사에서는 성철
큰스님의 다비식이 거행되는 중이다. 그럼에도 작가의 시
선과 마음은 더 이상 고승의 죽음과 사리에 있지 않고 출
가자의 일상, 즉 지붕잇기에 머물러 있다. 한 장 한 장 마

루를 이어 내려가는 장면에서 해탈은 참선이나 깨달음에 있다기보다 노작勞作에 있음을 암묵적으로 보여준다. 그 노작은 인위적이지 않으며 거의 무위에 가깝다. 이러한 무심과 무심한 노작이야말로 해인삼매에 드는 길이 아닐까. 그것은 또한 하강의 상승, 현실이라는 초월의 국면에 있다. 사진 속 출가자-수행자는 화면 전체의 구성으로 보아 극히 일부에 지나지 않으나 대자연을 압도하고 있다. 이는 곧 "대지(가) 작품 속으로 솟아오르는"(하이데거, 「예술작품의 근원」) 순간이다.

한편, 렘브란트가 약관의 나이에 그린 〈감옥에 갇힌 사도 바울로〉(1627)를 보게 되면, 빛과 어둠의 대비와 극적인 분위기가 잘 드러나 있다. 이 그림에서 "사도 바울로는 책을 무릎에 펼쳐 놓고 사색에 잠겨 있다. 좌측에 창이 있고 인물의 뒤쪽으로는 기둥과 벽이 보인다. 기둥 우측으로는 깊이를 알 수 없는 어둠의 공간이 있다."[1] 이는 어둠의 심연이자 또 다른 빛의 공간으로서 모호한 신비감을 환기한다. 렘브란트가 즐겨 사용했던 가장 암시적인 기법으로서 '키아로스쿠로(chiaroscuro, 명암법)'는 불확실한 것, 규정하기 힘든 것, 무한한 것을 드러내기에 적합하며, 이는 내면 가장 깊은 곳에 자리한 느낌과 생각을 표현하는

---

1) 김종진, 「렘브란트, 베르메르, 호퍼의 회화에 나타난 빛과 공간의 비교 분석에 관한 연구」, 『한국실내디자인학회논문집』 제18권 6호, 2009.12., pp.14~15.

중요한 수단이다. 이와 같은 예술적 표현과 체험은 '보다 많은 생$^{mehr\ Leben}$', 아니 '생 이상의 것$^{mehr\ als\ Leben}$'을 나타낸다. 깊이와 너머의 "차이를 불러일으키는 것은 완전히 어둠에 싸여 있다. 이는 미세한 부분들이 진동하는 리듬이다"(게오르그 짐멜,『렘브란트-예술철학적 시론』). 넓적한 돌 위에 올려져 있는 바울로의 맨발은 또 어떤가? 구약성경에서 모세가 불타는 떨기나무 앞에서 하나님의 음성을 듣고 신발을 벗듯이, 바울로는 자신만의 고유한 내면의 음성을 듣는다. 어둡고 깊고 돌처럼 견고한 목소리가 바로 그것이다. 렘브란트의 깊이를 알 수 없는, 어둠의 빛에 대비되는 동아시아 문명의 사유이미지로서 '현玄'이 있다. 우석영의 『낱말의 우주』에서 보면, 현은 단순히 검다는 뜻이 아니라 그윽한 것, 먼 것, 고요한 것, 신묘한 것을 말한다. 딴은, 도와 마음, 갓난아이처럼 부드럽고 연약하지만 미처 그 깊이를 다 헤아릴 수 없는 존재로 규정된다. 현대시의 정신과 방법이 가시적이고 언어 지향적인 면이 앞서 있음에 비해, 사물과 마음-언어의 접점으로서, 새로운 전통과 정신 내지는 방법론으로서 현은 현묘하고 또 현묘하여 온갖 묘리가 들고나는 문이다.("玄之又玄 衆妙之門": 노자,『도덕경』1장). 동양에서 깊은 것들은 모두 어둡다. 현은 땅의 색이기도 하면서 사유의 깊은 지경이다. 아름다움에는 우울과 신비가 섞여 있다. 진정한 아름다움은 어둡다.[2] 현의 시를 알고 느끼는 것만큼 매혹적이고 우리를 홀황의 경지로 내모는 게 있을까. 막스 피카르트의 말처럼, 인간은 이 한 편의 완전한 시를 들은 다음 우수憂愁를 느낀다. 그것은 심연으로부터 함께 울리며 솟구쳐오른 전체성을 들었기 때문이다. 그럼 현의 시학과 관련한 다형 김현승의 시를 일부 분석 감상해 보기로 한다. 먼저「검은 빛」이다.

노래하지 않고,
노래할 것을 더 생각하는 빛.
눈을 뜨지 않고
눈을 고요히 감고 있는 빛.

2) 함성호, 『아무 것도 하지 않는 즐거움』, 보랏빛소, 2013, pp.37 ~39. 이와 관련한 일본의 미적 개념으로 '유겡(ゆうげん, 幽玄)'이 있다. 이는 '애매하고 어둡다'는 뜻으로 어슴푸레함과 시심의 깊이를 드러낸다. 절반이 드러나거나 암시된 미를 말하는 유겡의 본질은 미와 고상함이며 궁극적으로 예술가가 들어가야 할 영역이다. 예컨대, 〈료안지龍安寺의 석정石庭〉은 지금 여기에 있는 그대로의 사물을 정관하는 태도를 요한다. 빛나는 동시에 끝없이 깊은 미 가운데 그 스스로를 현시하는 석정의 미는 어떤 사물의 성질이라기보다는 현존으로서의 사물 그 자체다. 이에 대한 자세한 논의는, 엘리엇 도이치, 『비교미학 연구』, 민주식 옮김, 미술문화, 2000, pp.41~45.

꽃들의 이름을 일일이 묻지 않고
꽃마다 품안에 받아들이는 빛.

사랑하기보다 사랑을 간직하며, 허물을 묻지 않고
허물을 가리워 주는 빛.

모든 빛과 빛들이 반짝이다 지치면,
숨기어 편히 쉬게 하는 빛.

그러나 붉음보다도 더 붉고
아픔보다도 더 아픈,
빛을 넘어 빛에 닿은 단 하나의 빛.

-「검은 빛」 전문

 어둠과 빛의 사이―존재를 이해하는 것이 이 시의 관건
이라면, 시는 "심연을 응시하는 결정적인 시선"[3]이다. 검
은 빛과 색의 특징은 몰입에 있다. 그것은 감정을 단순히
"노래하지 않고,/ 노래할 것을 더 생각하는 빛"이다. 그
런 노래로서, 사유의 빛과 소리야말로 현존재[4]에 다름 아

3) 이택광, 「불가능한 시, 그러나…: 바디우의 시론」, 『시인수첩』,
2011년 가을호.
4) 릴케는 「오르페우스에게 바치는 소네트」 제1부 제3소네트에서

니다. 노래를 통해 존재는 개방되고, 이미 곁에 다가서 있다. 존재의 빛은 눈을 뜨고 있는 게 아니라, "고요히 감고 있"는 모습이다. 두 눈을 감은 채 침묵을 유지하며 그 빛의 소리를 들을 수 있을 때 현의 사유이미지는 더욱 잘 드러난다. 존재의 향기와 음성을 듣고 청종하는 이가 시인이라면, 그는 "꽃들의 이름을 일일이 묻지 않고" 어둠의 빛을 순전히 내부로 받아들이며 꽃의 소리를 듣기에 부심한다. 여기서 받아들인다는 것은 간직하고 보존한다는 뜻으로, 작품을 "하나의 작품으로 존재하게 하는 것"[5]을 말한다. 시인은 인간과 우주의 비밀인 "사랑을 (온전히) 간직하"는 자로서 더는 허물을 묻거나 말하지 않고, "허물을 가리워 주는 빛"의 그늘을 자처하고 나선다. 검은 빛은 "모든 빛에 지"쳐 스러져 분산되면서도 모든 것을 통일한다.("모든 빛깔에 지친/ 너의 검은빛─통일의 빛", 김현승, 「재」). 환한 어둠으로서 현은 "붉음보다도 더 붉고/ 아픔보다도 더 아픈" 고통의 실재이며, "빛을 넘어 빛에 닿은 단 하나의 빛"이다. 그 어둠의 빛은 생의 환희와 살아있음의 홀황[6]이다. 더 생각하고 더 고요하며, 모든 것을 받아들이고 마침내 쉼을 얻는, 〈아름답고 깊고 먼 것〉으로서 현의 사

노래는 현존재[Gesang ist Dasein]라고 말한다.
5) 하이데거(신상희 옮김), 『숲길』, 나남, 2008, p.96.
6) 노자가 말하는 '황홀─홀황'은 어두우면서 밝고 무이면서 유인 황홀한 존재를 말한다. 참조. 이성희, 「생명의 상상력과 생성의 감각」, 『오늘의 문예비평』73호, 2009, p.130.

유 이미지는 "존재의 배후에 깊은 표현 정지의 무無를 보는 일, 형상을 깊이 포착하는 일"[7]이다. 검은 빛의 눈과 마음은 어디에 있는가? 다른 한 편은 「산까마귀 울음소리」라는 제하의 시다.

아무리 아름답게 지저귀어도
아무리 구슬프게 울어 예어도
아침에서 저녁까지
모든 소리는 소리로만 끝나는데,

겨울 까마귀 찬 하늘에
너만은 말하며 울고 간다!

목에서 맺다
살에서 터지다
뼈에서 우려낸 말,
중에서도 재가 남은 말소리로
울고 간다.

저녁 하늘이 다 타버려도

---

7) 킴바라세이고(金原省吾, 민병산 옮김), 『동양의 마음과 그림』, 새문사, 2003, p.39.

내 사랑 하나 남김없이

너에게 고하지 못한

내 뼈속의 언어로 너는 울고 간다.

-「산까마귀 울음소리」 전문

　이 시는 존재의 언어와 말함[die Sage]의 세계를 소리 심상을 통해 잘 드러내고 있다. 여기, 문명의 세계와는 달리 여전히 길들여지지 않은 새가 있다. 온몸이 검은 색으로 둘러쳐진, 아니 검은 색 그 자체인 까마귀와 까마귀의 울음소리. 그것은 겨울 하늘, 하나의 사물이 빚어내는 단순한 소리가 아니라, 존재의 언어에서 발현되는 깊은 울림이다. "목에서 맺다/ 살에서 터지다/ 뼈에서 우려낸 말"이거나, "저녁 하늘(마저) 다 타버"리고 난 뒤 마지막 남은 재의 말이다. 재는 무無이자 모든 것이며 너머의 언어다. 울음이 울림으로 화하는 순간, 현의 세계와 언어는 내성의 언어로서 점액질의 소리[8], 나아가 '가장 나종의 언어'에 닿아 있다. 언어가 당도하는 유일의 집, 또는 장소가 산까마귀 울음소리[9]라면, 까마귀는 "까마귀의 까옥거림

---

[8] "소리"를 매개로 자아와 세계, 이승과 저승은 하나의 점액질의 상태로 용해된다. 참조. 김옥성, 『현대시의 신비주의와 종교적 미학』, 국학자료원, 2007, p.60.

[9] 이와 관련해 "시인의 '가장 나중 지니인 말'은 기이하게도 자주 까마귀 소리로 표현된다." 참조. 황현산, 「'가장 나종 지니인 말들'

이상의 것"[10]이다. 석양 속에서 울리는 (산까마귀의 울음소리는) 빛보다 더 환하다.[11] 그런가 하면, 다형의 시에는 유독 까마귀가 많이 출현한다.[12] 그것은 무채색에다 거친 목소리의 새로, 사이 존재로 현의 이미지와 정신세계를 표방한다. "모든 소리는 소리로 끝나"지만 겨울 하늘의 까마귀만은 "말하며 울고"간다. 이러한 '말함'의 존재와 내면의 깊은 울림은 절대자에게 고하듯 제의의 형식을 지닌다. 여기서 산까마귀 울음소리는 더 이상 "고하지 못한/ 뼈속의 언어"라는 사실. 고하지 못한 뼈의 말[13]은 마침내 광물질의 언어, 즉 보석이 된다. 이런 경계와 차이를 생성하고 가로지르는 언어가 곧 현의 시와 세계인 것이다.

사물의 본성은 단선적으로 파악할 성질의 것이 아니다. 특히 시의 세계와 의미란 것은 더욱 애매하고 모호한 것이어서 경계와 차이−사이 공간을 통해 새로운 상상과 에

의 힘−김현승의 「까마귀」, 『詩眼』 14호, 2011, pp.158~159.
10) 막스 피카르트(배수아 옮김), 『인간과 말』, 봄날의 책, 2013, p.57.
11) 막스 피카르트, 위의 책, p.61.
12) "이 빛깔 없고 거친 목소리의 새인 까마귀를 나는 다른 새들보다도 유난히 좋아하였다. 다른 새들은 육체의 즐거움에 속한 새라면 나의 고향 남쪽 겨울에 그렇게도 많던 까마귀들은 어딘가 영혼과 슬픔과 괴로움에 속하는 새들인 것 같다. 형벌을 검은 몸뚱이에 이고 가는 듯한 그 울음소리…" 김현승, 「겨울방학」, 『김현승전집2−산문』, p.420.
13) 이 경우 뼈(bone)의 말은 태생(born)의 말 내지 근원적인 말과 통한다.

너지를 이끌어내게 된다. 감각과 사유, 언어가 상즉상입하는 시의 영역은 특유의 분위기와 정서를 환기한다. 서정시의 본래면목과 근원, 시간과 장소와 사물의 중류中流, 그리고 향인(香印. 향을 피워놓으면 재의 흔적과 방에 가득한 향기로 시간의 경과를 알 수 있는 것)의 이미지는 현의 시학적 특성에 속한다. 현은 "생명을 고양시키고 존재 자체를 변형시키기 위한 그늘과 같은 에너지의 장"[14]으로서 '내재성'과도 맥을 같이 한다. 내재성^{Immanence}의 경우, 그 어디에도 내재하지 않는 사유의 환경이거나, 사유되지 않은 지점[15]을 말한다. 현은 사이에 대한 발견이며, 두 개의 사물을 잇고 나누는 문지방 같은 것이다. 현의 시학에 있어 시간—순간은 영원과 분리되어 있지 않다. 사라지는 방식으로 드러나고, 존재의 빛을 환히 드러내면서도 어둠 속에 은폐되어 있는 그것은, '어두운 흰' 색과 빛, 고요한 흐름의 이미지를 나타낸다. 현의 시를 통해 우리는 일상에 대한 새로운 발견과 모험이 가능하며, 무엇보다 살아있음의 현재를 경험하게 된다. 우리에겐 그런 무(명)의 감수성과 예지가 필요하다. 끊임없이 변전하는 현실 속에서 무명無明과 고독으로부터 인간을 구원하는 것은 무엇인가? 있는 그대로의 세계를 직관하고 '너머—여기'의 미학적 진리

---

14) 원동훈, 「니체와 '그늘'의 사유」, 『니체 연구』제26집, 2014, p.268.

15) 신지영, 『내재성이란 무엇인가』, 그린비, 2009, p.35.

를 파악하며, 기원紀元으로서 시를 향유하고 음미하는 것
은 현의 시학이 궁극적으로 추구하는 바다. 문제는 존재
와 언어를 새롭게 경험하고 다시 "혼돈을 시작하는 것이
다."[16] 릴케의 시구("나무, 스스로를 둘러싸고 있는 모든 것/ 한
가운데 언제나 있는 나무/ 하늘의 둥근 천정/ 전체를 음미하는 나
무", 『佛語詩篇』)에서처럼, 현의 시는 무엇보다 전체를 음미
하고 사유하는데 무엇보다 그 본령이 있다.

---

16) 김수영, 「詩여, 침을 뱉어라─힘으로서의 詩의 存在」, 『김수영전
집(2)산문』, 민음사, 1993, p.254.

흰
뫼
시
문
학
회

흰뫼시문학회 회칙

제1장 총칙

제1조(명칭) 본회는 흰뫼시문학회라 칭한다.

제2조(사무소) 본회 사무소는 영주시에 둔다.

제3조(목적) 본회는 문인으로서 시인의 자질을 함양하며 회원 상호간의 협조와 친목을 도모하고 문학 활동을 통한 지역사회 문화 발전과 한국문학의 발전에 기여함을 목적으로 한다.

제4조(목적 사업) 본회는 제3조의 목적을 달성하기 위하여 다음의 사업을 시행한다.

    1. 회원의 권익 신장에 관한 사업

    2. 시낭송. 연구발표. 시문학 세미나 개최

    3. 동인문예지 발행 및 출판사업

    4. 지역과 중앙문단과의 교류

    5. 기타 본회 발전을 위한 사업

제2장 회의 구성 및 직무

제5조(회원의 자격과 회의 구성) 본회 회원은 중앙문예지나 신춘문예로 데뷔한 시인들과 추천 문인들로 회를 구성한다.

제6조(임원) 본회 임원은 회장 1인, 부회장 1인, 사무국장 1인으로 구성한다.

제7조(임원의 임기) 본회의 임원의 임기는 2년으로 하고 연임 할 수 있다.

제8조(회장) 회장은 본회를 대표하며 본회 회무를 총괄한다.

제9조(사무국장) 사무국장은 회장을 보좌하여 회무 전반을 처리한다.

제10조 본회는 필요에 따라 고문과 감사를 둘 수 있다.

제3장 회의

제11조 회의는 정기총회, 임시총회, 임원회로 구분한다.

제12조(정기총회) 정기총회는 매년 3월에 회장이 소집하며 회원 과반수 이상의 참석으로 성립하고 총회 의결은 출석회원 과반수의 찬성으로 가결한다. 가부 동수인 경우 회장이 결정하고 아래의 사항을 의결한다.

   1. 임원 선출

   2. 예산 및 결산 승인

   3. 신년도 사업계획의 승인

   4. 회칙개정 신입회원 인준

   5. 기타사항

제13조(정기회) 정기회는 정관에서 정한 달에 회합을 가지며 정해진 회의, 시낭송 및 세미나를 갖는다.

제14조(임원회) 임원회는 제6조의 임원으로 구성하며 총회의 위임 사항과 회무 집행에 필요한 사항을 의논 결정한다.

제4장 선거

제15조 회장, 부회장, 감사는 총회에서 선출하고 사무국장은 회장이 임명하여 총회에 보고한다.

제16조 고문은 필요에 따라 임원회에서 추대하여 총회에서 인준을 받는다.

제5장 재정

제17조 본회의 회계연도는 매년 1월 1일부터 같은 해 12월 31까지로 한다.

본회의 경비는 입회비 10만원, 연회비 10만원, 특별회비, 광고비, 후원(찬조)금 및 기타 수입으로 한다.

제6장 상벌

제18조 본회에 공이 있는 회원에게는 총회의 결의로 다음의 포상을 할 수 있다.

  1. 공로패: 본회의 운영과 발전에 공적이 큰 회원.
  2. 기념패: 회원의 등단, 작품집 발간시(1회에 한한다).
  3. 감사패: 본회의 발전에 크게 이바지한 외부인.

제19조(제명) 다음의 경우에 한하며 총회에서 가부를 결정한다.

1. 회지에 작품을 2년 이상 발표하지 않은 회원.

2. 회비를 1년 이상 납부하지 않은 회원.

3. 1년 이상 이유 없이 회의 각종 회합에 참석하지 않은 회원.

제7장 부칙

제20조 본 회칙에 명기되지 않은 사항은 일반관례에 준한다.

제21조 본 회칙은 개정 공포한 날로부터 시행한다.

흰뫼시문학회 연혁

1999년	10월 3일	발기인 총회 및 창립총회.
		창립회장 박성철. 총무 이은희 선출
		(본회 명칭: 구곡시문학회).
2000년	11월 3일	동인지 창간 준비호 소식지 발간.
	11월 30일	제1회 시낭송회(영주호텔 커피숍).
	12월 30일	제2회 시낭송회(가마터 찻집).
2001년	1월 27일	제3회 시낭송회(문카페).
	2월 23일	제4회 월례회 및 합평회(문카페).
	3월 31일	제5회 월례회 및 합평회(문카페).
	4월 28일	제6회 월례회 및 합평회(이수산나 회원 자택).
	5월 26일	제7회 월례회 및 합평회(희방 식당).
	6월 30일	제8회 월례회 및 합평회(가마터 찻집).
	8월 4일	제9회 월례회 및 합평회(무섬 마을 해우당).
	9월 1일	제10회 월례회 및 합평회(순흥 초암사 죽계1곡).
	10월 6일	제11회 월례회 및 합평회(애너밸리).
	12월 1일	동인지 『동행』 창간. 제12회 월례회 및 합평회(아르뫼).
2002년	1월 5일	제13회 월례회 및 합평회
		(아르뫼. 소설가 이정섭 선생 참석).
	2월 2일	제14회 월례회 및 합평회(아르뫼).
	3월 9일	제15회 월례회 및 합평회, 시낭송, 척사대회
		(풍기 한방삼계탕).
	4월 6일	제16회 월례회 및 합평회, 시낭송회(아르뫼).
	5월 4일	제17회 월례회 및 합평회(아르뫼).
	6월 1일	제18회 월례회 및 합평회(아르뫼).

	7월 6일	제19회 월례회 및 합평회(아르뫼).
	8월 3일	제20회 월례회 및 합평회(아르뫼).
	9월 7일	취운재문학관 개관(구 문수초등학교 내). 구곡시문학동인지 제2집 『까치노을』 발간.
	12월 7일	제21회 월례회 및 합평회(딕시랜드).
2003년	1월 4일	제22회 월례회 및 합평회(딕시랜드).
	2월 8일	제23회 월례회 및 합평회, 박찬선 시인(경북문협지회장) 초청 문학강연. 척사대회(서부냉면).
	3월 8일	제24회 월례회 및 합평회(아르뫼).
	4월 12일	제25회 월례회 및 합평회(아르뫼).
	5월 4일	문학기행(영월 난고 김병연 유적지).
	6월 7일	제26회 월례회 및 합평회(취운재문학관).
	7월 5일	제27회 월례회 및 합평회(취운재문학관).
	8월 2일	제28회 월례회 및 합평회(아르뫼).
	12월 4일	정기총회 및 회장 이취임식(풍기 인천식당).
2004년	3월 15일	흰뫼시문학회 창립(회장 차주성. 총무 유병일).
	10월 30일	흰뫼시문학 동인지 『이나리 강에 학이 외발로 서 있다』 창간.
2005년	11월 20일	동인지 제2집 『그때 딱 한 번 본 것』 발간.
2006년	12월 20일	동인지 제3집 『잔 속에 山 그리메 잠겼으니』 발간.
2007년	12월 10일	동인지 제4집 『존재의 이유』 발간.
2008년	12월 30일	동인지 제5집 『늦가을 햇살이 허공에』 발간.
2009년	12월 15일	동인지 제6집 『허공을 떠가는 바람 한 점』 발간.
	12월 25일	총회 임원 개선(회장 유병일. 총무 유영희).
2010년	12월 15일	동인지 제7집 『곡두생각』 발간.
2011년	12월 15일	동인지 제8집 『빈혈의 꽃짐』 발간.

2012년	6월 21일	세미나 주제발표 [천부경] (박성철). 아리산방.
2013년	8월 6일	세미나 주제발표 [이미지의 안과 밖] (김상환). 아리산방.
	11월 2일	세미나 주제발표 [도덕경] (박성철). 아리산방, 소백산 마구령 탐방.
	12월 15일	동인지 제9집 『자작나무에서 배우다』 발간.
2014년	5월 10일	세미나 주제발표 [시적 형상화 작업에 있어서의 객관적 상관물] (박성철).
	12월 15일	동인지 제10집 『감꽃 향기』 발간.
2015년	2월 28일	총회 임원 개선(회장 박영대. 총무 유영희).
	4월 28일	세미나 및 추상 정신과 숭고미전 관람 (김환기 미술관, 서울).
	10월 10일	세미나 주제발표 [포스트모더니즘의 문학적 수용] (김상환). 아리산방
	12월 25일	동인지 제11집 『누군가의 가을』 발간. 김태환 회원 가입. 유병일 회장 공로패 수여.
2016년	1월 6일	흰뫼시문학회(유영희) 고유번호증 발급(영주세무서장) 477-80-00255
	4월 30일 ~5월 1일	춘계 시낭송 및 문학대담 (소백산 연화봉 대피소).
	6월 10일	시낭송 및 서울 성북동 심우장에서 세미나 주제발표 [윌러스 스티븐스의 역창조와 시적 실재](박성철). [만해의 시와 십현담주해] (김상환).
	11월 5~6일	추계 시낭송 및 세미나 주제발표 [율려 정신](박영대). [R.프로스트의 제유법/ 현묘지도](박성철). [현玄의 시학] (김상환).
2017년	2월 11~12일	총회 및 동인지 제12집 『바람의 우연』 발간. 영주 선비촌 안동 장씨 고택에서 세미나 주제발표 [하이데거와 김수영](김상환). 박성철 시인 공로패 증정.

11월 4~5일	시낭송 및 충북 단양 산림휴양관 및 아리산방에서 세미나 주제발표 [비非의 현상학](김상환). [감정이입과 객관적 상관물](박영대). 소양희, 박정임 회원 신규 가입.

2018년 1월 27일	동인지 제13집 『오후 세 시의 다리』 발간. 김상환 시인 공로패 증정. 서울 관악구 미당 서정주의 집〈봉산산방蓬蒜山房〉방문. 세미나 주제발표 [심청전 다시 읽기](박성철). [시와 깊이] (김상환). 현대미술관 관람.
9월 16일	양주 천일홍 축제 참관 시낭송.
10월 21일	경북 예천 유영희 아틀리에 방문. 세미나 주제발표 [형식으로 읽는 시·시조·민조시 읽기] (박성철). [시와 실재] (김상환).

2019년 1월 20일	총회 임원 개선 (회장 유영희, 총무 박정임. 수원 호텔리츠 컨벤션웨딩홀) 및 동인지 제14집 『가을 풍경』 발간. 박영대 회장 공로패 증정.
3월 2~3일	예천 '유영희 아뜰리에'에서 세미나 주제발표 [시형식의 작업] (박성철). [시와 생명] (김상환). 예천 용문사 홍현기 화백 & 진경자 시인 연정농원 방문.
6월 29~30일	영주, 연정농원에서 세미나 주제발표 [바람, 하이퍼텍스트 환유의 미학] (박성철). [시의 네 가지 타입과 해석](김상환). 영주148 아트스퀘어(구. 연초제조창)에서 미술 특별전 관람.
10월 31일 ~11월 1일	세미나 후 서울시청 시민청에서 공감시낭송회 참석. 경복궁 관람.
12월 20일	유병일 회원 시집 『이나리강 달맞이꽃』 출판 기념회 및 시낭송회(영주축협). 이나리강 문학기행. 신입회원 박이우 입회. 참석회원: 유병일, 유영희, 김상환, 진경자, 박영대, 소양희, 박정임, 박이우, 김주안(수필가 문예비전 대표).

		흰뫼시문학 15집 출판기념회
		(15집 특집, 원로시인 박찬선/박영교 초대시 게재)
		및 시낭송회(예천 용문 금당실한옥 부연당).
		귀농인 김미향(농학박사), 한재홍(중앙대 교수) 부부 참석 소감 발표.
		세미나 주제발표 [시작의 시점과 선택](박영대). [서정시의 아름다움과 깊이](김상환). [좋은 시 5편 감상 및 분석: 사물시. 하이퍼 시를 중심으로](박성철).
		참석회원: 유영희, 진경자, 박영대, 소양희, 박정임, 김상환, 박성철, 김주안
	12월 21일	연정농원 방문 회식. 박영교 시인 참석.
2020년	3월 1일	문예비전 봄호(제115권) 동인 순례에 흰뫼시문학회 특집으로 소개. 회원 시와 해설 게재. 이후 코로나 바이러스 사태로 계획된 행사를 하지 못함.
	9월	경상북도 문예창작지원금 지원 통보.
	9월 4일	박영대. 직지 전국 시낭송대회 참가, 지정시 「천년의 꿈지락」 발표.
	10월 15일	흰뫼시문학 제16집 『적막 위에 핀 바람꽃』 (본회 창립 20주년 기념특집호) 발간.
	10월 1일	박성철. 새 정형시 민조시의 3, 4, 5조 수리 형식의 고찰(문예비전 제16호) 발표.
2021년	2월 26일	유영희 회원 첫 시집 『적막 위에 핀 바람꽃』 출간 (청어시인선 271).
	5월 15일	소양희. 공감시낭송 예술제 참가.
	5월 17~20일	유영희전-적막 위에 핀 바람꽃(영주시민회관 전시실).
	5월 19일	김상환. 문경문학관 개관식 참가.
	5월 25일	김상환. 2021년 제16회 상화문학제 상화유적답사 출연 및 해설. 전 회원 온라인(유튜브)으로 시청.

	9월 4~16일	박영대. 경주문학인대회 참가 (목월식당) 출품.
2022년	5월 19일	박정임 회원 공감시낭송예술제 참가(봉산산방).
	6월 3일	총회 개최 임원 개선(회장 김상환, 총무 박정임). 서울 국립현대미술관 이건희컬렉션특별전 관람 (박성철, 김상환, 진경자, 유영희, 박영대, 소양희, 박정임) 후 인사동 카페에서 세미나 발표. [시작의 방법론] (박성철). [문학의 기술](김상환).
	6월 25일	박정임 회원 평통예모시낭송회 참가(채만식문학관).
	9월 29~30일	박영대, 소양희 회원 한국현대시인협회 통일문학 심포지엄 참가(산정호수 한화리조트).
	10월 30일	박성철 시집 『아름다운 날들』(월간문학사출판부) 출간.
	11월 1일	박영대/소양희 회원 한국현대시인협회 주관 제36회 〈시의 날〉 행사 참가(청소년 문화공간).
	11월 1~4일	박영대 회원 국제펜세계한글작가대회 참가 (경주힐튼호텔).
	11월 16일	김상환 회원 김춘수 시인 탄생 100주년 기념 문학콘서트 참가(대구문화예술회관 비슬홀).
	12월	박성철 고문 『자유문학』 126호에 평론 「새 정형시 민 조시의 3.4.5.6수리 형식의 고찰」 발표
2023년	5월	박성철 고문 『월간문학』에 시 「옥피리 소리」 발표.
	5월 18일	재능시낭송가와 함께하는 흰뫼시문학회 [시간의 뒷모 습] 출판기념 시낭송 (장소: 서울시 소재, 문화공간 '온') 참석자: 김상환, 유병일, 유영희, 박영대, 소양희, 박정임.
	6월	박성철 고문 월간 『순수문학』에 시 「낯설은 동리길에 서」 발표.
	7월 13일	박성철 고문 『문학人신문』 제40호에 '만나고 싶었습니 다'(인터뷰 칼럼) 게재.
	11월 10일	김상환 회원 제4회 이윤수문학상 수상(대구 매일가든)

	12월 16일	김상환 회원 시집 『왜왜』로 제33회 대구시인협회상 수상(대구 라온제나 호텔)
	12월 28일	박성철 고문 『문학人신문』 제61호 〈시가 있는 窓가〉에 시「겨울 사냥꾼」발표.
	12월 23일	박성철 고문 제25회 비평문학상 수상 (한국문학비평가협회 주관. 『문학비평』 32호 작품 게재)
2024년	1월 4일	박성철 고문 『문학人신문』 제62호 〈문단인사 갑진년 신년사〉에 기고.
	1월 24일	리움미술관 관람 및 신년회. 참석자: 박성철, 김상환, 유병일, 유영희, 진경자, 박영대, 소양희, 박정임. (박성철: 비평문학상 수상기념 공로패, 유영희: 회장 공로패)
	3월 28일	『문학人신문』 제73호에〈박성철-김상환의 차운시담〉 제1회차 발표.
	4월 11일	『문학人신문』 제75호에〈박성철-김상환의 차운시담〉 제2회차 발표.
	4월 25일	『문학人신문』 제77호에〈박성철-김상환의 차운시담〉 제3회차 발표.
	5월 9일	『문학人신문』 제73호에〈박성철-김상환의 차운시담〉 제4회차 발표.

흰뫼시문학 제19집

푸른 시인

흰뫼시문학회 펴냄

고유번호 · 477-80-00255

1판 1쇄 발행 · 2024년 7월 30일

발 행 처 · 도서출판 **청어**
주   소 · 서울특별시 서초구 남부순환로364길 8-15 동일빌딩 2층
대표전화 · 02-586-0477
팩시밀리 · 0303-0942-0478
홈페이지 · www.chungeobook.com
E-mail · ppi20@hanmail.net

ISBN · 979-11-6855-264-7(03810)